박가을 11집

동해로 떠나는 낙타

뜨락에

그릇의 목적

그림자가 둥둥 떠 있는 저녁 길에서 솔방울 하나 주었다.

아직은 덜 익은 것같이
푸른빛은 연신 안쓰럽게 투덜거리고 있다.

동쪽 끝에서 바라본 새벽 찬란한 태양을 엿보는 것으로
꿈꾸지만 서쪽 바닷가에 넘어가는 태양은
마냥 쓸쓸하게 느껴졌다.

세월은 굽은 어깨를 다독거리며 책장을 넘기는 소리에
귀를 기울이며 한 토막씩 시간을 갈라놓기 시작한다.

그때쯤 가슴팍에 날아든 낱말 한 토막은
나를 쓰러트리고서야 책장 위에서 두 눈을 껌뻑이고 있다.

내가 남겨둔 그릇에 담을 토씨만큼.

가을의 문턱에서
春秋 박가을

차 례

1부

가을 바람의 노래

詩. 타인의 여백

창문 두드리는 소리
빗방울은 투명한 유리창을
뿌옇게 흐려놓고 말았다
지나간 시간 비워두고
밤하늘 별 조각을 주우려 했다

별도 달도 숨어버린 이른 새벽
하늘 틈새로
빗줄기는 이내 굵어지고
뚝뚝
떨어지는 소리까지 내 안에
감춰두었던 욕심도 앗아갔다

나는
창틀에 기댄 채
바깥세상을 빤히 바라보는 습관
두꺼운 시간이 머물 즈음
좁은 틈새로 수줍은 조각달이 떴다
그 좁은 눈으로.

수련화

잎새가 떨고 있다
바람에
잔잔한 물결의 호수
오롯이
고운 자태는

몹시도 아름답다
난초도 호숫가에서
벗 삼은 듯
흔들거리며 웃고 있다
수련꽃이 필 무렵
발길이 멈춘다면 그도
수련꽃처럼 단아하리라.

예약시간

화면에
이름이 없다
순서를 기다리는 사람들
그 틈새로 내 이름이 불리길
감기는 눈을 비비며 기다린다
나처럼
바쁜 일상을 잠시 미룬 채
살기 위한 한가지 수단은
병원 대기 번호를 기다리는 일이다
혹
이름이 불리면
예약시간보다 일찍
순서를 마치고 약국으로 가야 한다
몹쓸
그날이 오기까지 번호표를 챙기는 일
그나마
들숨 날숨이 교차하고 있는 증거다
이름이 불렸다.

동해로 떠나는 낙타

가다가 못 가더라도
속마음 달래려
그대 모습 볼 수만 있으면 좋겠다
그러나
해지는 저녁
동해로 떠나는 낙타를 타고
파도가 방파제에 부딪히는 부둣가에 앉아
핏빛으로 물든 바다를 바라보며 울지 않으련다
보랏빛 수레국화 꽃잎처럼 나는
긴 모가지를 세상에 내밀며
조용한 이별을 준비하련다
백석 시인이 연모했던 연인에게
함박눈이 푹푹 쌓이던 추운 겨울날
시 한 편 읊었던 그 날처럼
나는 봄비 내리는 토요일
붉은 장미꽃잎이 땅바닥에 떨어져
선혈이 낭자한 꽃무덤을 밟으며
넋을 잃고 바라보다 바라보다가
그만 울컥 눈시울을 적신다
내 작은 몸뚱이
허기진 영혼 갈림길에 서서 여기까지
재촉하며 달려온 지금에서야
진실과 거짓은 숙명처럼 다가오고
처진 어깨 위로 봄비가 내리고 있다.

그랬을 거야 그랬을 거겠지
애써 침묵하며 기다린 시간은
땅속 깊숙하게 파고드는 느낌
나는
전혀 눈치를 채지도 못한 채
매일 이른 새벽이면 그를 위해
기도하며 그날이 오기까지 기다리곤 했다
그러나
그런 행동조차 싱겁고 사치에 불과했고
치사스러운 시간 앞에 억장은 무너지고 말았다
한낮 열기가 후끈하게 달아오르던그날처럼
그렇게 아스라이 사라지는 안개꽃잎은 흩어지며
보이지 않는 곳까지
소식도 모르는 곳으로 가련다
출입문 걸어 잠그는 그 날, 나는
두 어깨 억누르는 이별의 노랠 부르리라
바닷가에 이글거리는 모래알갱이
입안 가득 머문 채 낙타를 타고 동해로 떠나련다
책장에 숨겨 두었던 잉크 냄새 호주머니에 넣고 홀로
떠나면
불어오는 봄바람처럼 시원할 것이다.

고독한 하루

오늘도
역시 외톨이다
그럴 수밖에
처음 만난 생면부지
눈인사라도 다행이다
나도
짝을 만들어야 겠다
버스 좌석도
혼자였고
딱딱한 철제 의자
나처럼 단단해 보인다
수목원을 떠나기 전
누구
날 만날 사람 없을까요.

허락된 외출

벽초지 수목원 꽃길
이름 모를 들 꽃은
허락된 사람만 안아줬다
헐떡거리는 숨소리뿐
인간들은 저마다 기웃거리지만
한자리를 지키고 있는
초목은 가냘프게 웃는다
너도
그곳에 온종일 서 있어보았느냐
봄볕은
뻐꾸기 울음소리와
장끼의 구애하는 소리조차
철제 벤치의 무게만큼
장엄하게 들려오는 까닭은
곧 떠나는 시간이 다가오고 있음이다
좋은 날이다
오늘처럼 청량한 하늘빛이.

인동초

울타리를
곱게도 비꼬듯
가는 곳도 정하지 않은 채
봄날을 기다렸을
지난 겨울밤
붉은 심장도 얼었으리라

꽃술에 숨겨 놓은
비밀스러운 이야기
한낮 뙤약볕에 벌겋게
한잔 술에 취해서
제 몸 붉게 핀 줄도 모른다
참
세월만 탓하랴
질긴 생명이여.

혼자만의 착각

봄인지라
외투를 색감 있게
와이셔츠도 밝게
젊어 보이려고
2호선을 탔다
빈자리가 없어
두 발로 버티고 서 있는데
뒤에서 옷자락을
이끄는 여인
자리를 양보한다
내 뒷모습만 봐도
세월이 진하게 묻어있나 보다
착각은
순간의 자유.

피고 지는 꽃잎처럼

우리도 언젠가는
같은 길을 가야 하는 운명이기에
그리 아파하지 마세요
잠시 왔다가는 인생
피고 지는 꽃잎처럼
그대도 나도 이렇게 살다가
그곳으로 가는 운명입니다
설령
내가 먼저 가더라도
그리 슬퍼하지 마시어요
잠시 틈이 생겨 내가 먼저
그곳에서 기다리고 있을 테니까요
사는 동안 웃으며
좋은 생각으로 채워가며
이 싱그러운 봄날
꽃향기 흩날리듯이
정답고 멋지게 살아가요
오늘처럼.

사계절 장미꽃

가시 돋은 입술로
입맞춤할 때
시퍼런 선혈로
온몸 붉게 물들었지

그날도 수줍게
내 품에 안기더니
파란 이파리 사이로
속삭이던 고백
그대 언제오시나요.

장미꽃

어찌
저렇게 도도하고
단아하게 피었을까
밤사이 홀로 설레며
기다렸겠다

뜬눈으로
꽃잎을
한 겹 한 겹 쌓았겠지

누굴 닮았을까
봄볕에 구경나온 이들
필시
혼자가 아닐 것이다.

언제까지일까

언제까지일지 모르지만
그 순간까지 나는 불꽃처럼
그대 곁에 있으렵니다
제아무리 힘든 상황이 올지라도
저 해와 달 떠 있는 그 날까지
그대를 지키기로 약속했으니까요
그렇게
세월이 지나고
시들해진 시간이 다가와도
나는 그대를 향한 정열의 불꽃
꺼지지 않도록 만들겠습니다
세상은 온통 봄꽃이 피었습니다
수선화 장미 조팝꽃 만리향
나는
꽃향기 곱게 편지에 접어 그대에게
보내봅니다
저 넓은 호수 같은 마음까지
쾌쾌한 잉크 냄새가 가득 찬 책방에서
토막 난 글씨 하나를 발견하면
그대는 곧 나에게 달려올 것만 같습니다
영원한 내 사람아
그날이 올 때까지 가던 길을 이대로 걸어가요.

봄날은

대문을 열고 들어오면
커피 향보다 더 진한
만리향 향기에 취한다

밤하늘 별이 떨어진
꽃밭에는
봄에 핀 꽃향기가
가슴 설레게 한다

소나무 송홧가루가 날리면
창문 틈으로 들어온
꽃가루가 여름을 재촉하고 있다

테라스에서 다리를 꼬고 앉아
질흙 같은 어둠 속에서
태양광 불빛이 정원이 황홀해서
내 마음을 어질거리게 한다
봄날은.

낯선 외출

여름을 안아보았다

흠뻑 젖은 셔츠에서
사내 냄새가 물씬 풍겨왔다
그 무엇인가
내 가슴 안으로 고독이 뚝 떨어졌다
휘청거리는 네온 불빛
언제 올지 모를 여름은 민낯이다
고독 한 조각
어느 사내 품에서 떨어져 나온 별 조각인가
그러나
그도 헐겁던 겉옷을 벗던 날
단정하게 흰 와이셔츠를 입고 왔다
삼키지 못하는
쓴 커피잔을 앞에 놓고 건너편
탁자만 바라보고 있다
길가에 세워둔 파란 은행잎
밤새 껍질을 벗었는지
땅바닥에 떨어져 있다
여름은 땀 냄새를 껴안고 다니는
고독한 사내의 낯선 외출이다.

꽃잎이 지던 날

꽃잎이여
나를 슬프게 하지 마라
화려한 몸짓
만발하게 피기까지
나는 너를 애달프게 여겼나니
곧 시들 꽃이었다면
내 꽃밭에 심지도 않았을 터
봄 한 철
세상에 잠시 얼굴 보이더니
그렇게 땅바닥에 쓰러졌나
꽃잎이여
나를 슬프게 하지 마라
한낮
피고 지면 어찌하리.

가을바람의 노래

가을바람은
내 속마음 깊은 속살까지 훔치고 떠나간다
팔랑거리는 은행나무 가지 끝 잎새도
바싹 마른 등짝 너머로 초라하게 떨어진다

세월은 남은 시간마저 **빼앗아** 가는 듯
무거운 침묵은 처연하게 흘러가고
노을빛은 그리움으로 변색되어
빈 잔에 채워진 커피 향이 안쓰럽다
내 마지막 인생길에서 홀로 쓴 커피는
슬픔보다 더 지독한 고독을 마시고 있다

가을의 길목은 바람처럼 지나치는
너의 얼굴
반쪽이라서 가슴앓이를 열병처럼 견뎌내고 있다
버릴 만큼 용기도 없어 숙명적 인연의 끈
목숨 다하는 그 날까지 빈자리를 놓아두련다

아직도 불어오는 가을바람은 언제쯤 그칠까.

2부

별이 되어라

장미꽃 필 무렵

줄기마다
가시 돋은 입술
입맞춤할 때마다
시퍼런 선혈은
온몸을 붉게 물들였지

그날도 수줍은 듯
내 품에 안기더니
사랑의 증표 남겨두고
떠나간 사람아

파란 이파리 사이로
붉은 입술 내밀 때
그때는 정말 몰랐지요
가시가 돋을 줄을.

가죽 잠바

그가 나였으면 했다
그런 생각을 하면서 혼자 웃었다
그는 작은 체구였지만 마음은 깊고 넓었고
포근한 얼굴은 파란 하늘처럼 맑았다
누군가 만들었을 곱슬머리
천상 그는 지워지지 않은 글씨처럼
또렷한 성격을 가진 다부진 남자다
나는 성수대교를 지나 영동대교로 가면서
한강 물이 평화롭게 넘실거리는
저 한강 물처럼 세상 헤엄을 치듯
그 사내는
티끌 남기지 않도록 다름질해서
제습 봉투에 정성스럽게 담았다
환하게 웃어 보이는 얼굴이 탐이 났다
생명같이 손때가 묻은 가죽 잠바
나는 지금까지 처음 입어 보았고
세상에서 제일 값진 선물을 받았다
내가 그였다면 하는 생각을
그가 나였으면 하는 생각 했다
찐한 감동의 역사가 시작되었다
지금도.

*詩낭송가 김봉술 형에게

파랗게 불든 바다

벨이 울리면
가슴이 덜컥 내려앉는 듯이 아려온다

너의 얕은 미소가
언제쯤 사라질지 몰라
흔들리는 마음을 주워 담았다

저 흐르는 강물
파랗게 물든 바다에 다다르고
그때쯤이면
잊을 수 있을지 모르겠다
아프다.

부부夫婦

두 손
꼭 잡고 거닐 때
그때가 좋았지

둘이
입맞춤할 때
그때는 더 좋았고

훗날
서로 외면하던 때
먼 하늘만 바라보았지
둘은.

그때까지만

홀로 떠나고 싶은 날이다
그대를
까맣게 잊고 싶을 만큼

아직은 그럴 여유조차 없지만
내 속마음은
발길을 재촉하고 있다

그리움은
울음을 삼켜야 한다며
밤잠을 설치게 한다
아픔은 새벽까지
나는 아직도 그립다.

꽃 잔디

척박한 모래밭
새벽이슬 마시며
한낮 볕에 그을리기를
봄날 사월이 되어서야
흠칫
하얗고 붉은 자태로
그 비밀의 문을 열어 놓았다
잊은척하며
한 바가지 물을 뿌리면
파란 잎새가 살아난다
지난겨울
걸쭉한 걸음 덩어리 흠뻑
마시며 가슴에 품었으리라
시방
두려움도 멈추고
붉게 만개한 몸짓이 단아하다.

목련꽃

저런 저런
화사하게 피었던
목련꽃
어느새 땅바닥에
겹겹이 쌓여가는구나

된서리 머리에 이고
밤마다 둥근달 가슴에 품더니
순백의 가련한 모습으로
뭇 사내 울게 했을 터
이제 볼 수가 없구나

내 인생길도
저 떨어지는 목련꽃처럼
뭇 세월 앞에
언제가 땅바닥에 떨어지겠지.

별이 되어라

너는 나의 별이다
무수한 별 중에서
내 가슴에 반짝이는 별
그러나
너는 나의 아픔도 잊은 채
흔들리는 바람처럼
하나의 등불이 되어 서 있다
언제
꺼질지도 모른 그런
사랑이란 말도 사치스러워
몸부림치면 아프다
내 꿈을 만들던 날
잠시 피었다 사라지는 풀꽃보다
차라리 내 별이 되어라.

바닷가에서

벌써 잊었느냐
바람에 서걱거리던 갈대 숲길
그때 세차게 눈보라가 내렸지
차디찬 모래밭을 맨발로
머리끝까지 아려오던 아픔
너는 느낄 수 없던 거야
사랑은 식으면 목석이 되고
별은 떨어지면
네 모습도 아스라이 사라진다
그래
추억의 바닷가로 가자
홀로서기를 위해
사랑의 상처
토악질하는 바다에 숨겨 놓고
이제 알 것 같다
이 외로움을.

들풀처럼

누가 알아주지 않아도
이름 모를 꽃을 피운다
흔들리는 바람
그 품에 그리워 울고 있다

아무리 생각해도
저 들판을 사랑한다는
그 말을 믿지 못해
서럽게 방황하며
나는
저 하늘 별이 되는 날까지
들에 핀 풀꽃이 되련다.

들리는 듯하다

마지막은
사랑에 빠진 이유로
비밀의 통로를 만들고
둘이 배워버린 사랑
선과 악이 존재하는
눈이 먼 사람이 되었다

때 묻은 정열도
휘청거리는 욕망도
쿵쿵거리는 가슴벽은
소리 없이 들리는 가쁜 숨뿐
정녕
사랑에 빠지면.

동묘역 앞에서

낯설지 않은 동묘역
전철을 탈 때부터 보슬비가 내렸다
나에게 의미 있는 골목마다
퀴퀴한 냄새가 어느새 정겨워졌다

길거리 커피 한 잔을 사 들고
헌 옷이 즐비하게 걸려있는
길거리 쇼윈도에
이름 모를 사람들의 손놀림
내가 받는 고통을 덜어내고 싶었다

진실을 왜곡한 사람
그를 탓할 수도 없지만
사람 살아가는 냄새가 동묘 거리에는
웃음꽃이 만발하다

나는 그들 속에서.

돌아볼 수 있어서

그대는 늘 그 자리에 있다며
늘 입술로 고백하지만
그 마음이 어디에 있는지
아직도 나는 모르겠다

지나온 세월 모두가
돌아올 수 없는 시간이라면
삭풍에 흔들이는 나뭇가지처럼
홀로 견딜 수가 없다

내 안에 감춰 놓은 별 하나
어느 때가 되면
저 하늘로 보내야 한다며
나는
이 쓸쓸한 겨울밤을 지키고 있다.

낯선 곳에서

나는 그 도시에 속한 시인詩人으로
늦은 밤
내 입술에서 튀어나온 단어
한올 한올을 꿰기 위해
시퍼런 눈동자와 마주쳤다
낯선 사람
이름 모를 여자
그들은 나 같은 시인이 되어
인생을 사르고
여자의 치맛자락이 바람에
세상에 곱게 수를 놓기 위해
무대 위에 서서
오늘
낯선 시인의 한 편의 시를 낚는다.

여주역 가는 길

여강 물길을 바라보며
내가 가던 길을 묻고
잠시 삶의 무게를 내려놓는다

널따란 신작로
파란불이 켜지는 순간
2.5t 화물칸에 몸을 실었다

세종대왕 동상 옆에서
황학산을 바라보며
내가 머문 곳 잠시 멈춤이다.

여름의 노래

사나운 땡볕이
어둠에 깊이 묻혔다
불꽃처럼 여름은
말갛게 태양을 살라 먹었다
나는 숨이 멎은 듯
지구 한 귀퉁이서
헐떡거리며
한여름 이 열기를 식히노라

뼛속까지 붉게 물든
차마 가을빛이라면 좋으련만
그러나 나는 뚝뚝 떨어지는
저 석양에 머물고 싶은
저 태양을 바라볼 뿐이다

나는 어디로 가야 하는가
나는 어느 곳에 머물러야 하는가

그대여
내품을 떠나지 마라
숨이 곧 멈출 것 같다
하여 어둠 속에 묻힐
나는 바람일 뿐이다.

순백의 잿빛 도시

첫눈이 내리던 날
담백한 웃음이
잿빛 도시를 하얗게 물들이며
전철이 지나가는 소리만 요란했다

언젠가 한 번은 오고 싶었던 도시
하늘 닿을 소나무
동쪽 끝이 보일듯한 숲길
흰 눈이 하얗게 덮인 거리엔
하나의 발자국만 덩그렇게 찍어 놓았다

나는 흩날리는 눈길을 걸으며
눈사람으로 서 있는 착각을 했다
강줄기는 하염없이 흘러가고
나 아닌 다른 이가 없는 황량한 숲길을 걷고 있다

내가 이 도시에 오고 싶었던 것은
첫눈이 하얗게 쌓이는 거리를
둘이서 걷고 싶었기 때문이다
그러나
그러나....

사랑하는 이에게

우리
보고 싶다고 말해도
밤하늘 별을 노래해요
창 너머로 바라본 별빛
유난히 맑습니다

그렇게
사랑은 한다면서도
못내 아쉬운 작별은
나에게 참을 수 없는 아픔
고독한 밤을 맞이합니다

사랑하는 이여
정녕
그대는 밤하늘에 빛나는
나만의 별인지요.

3부

인생길은 초콜릿

빗자루를 쓸며

사무실 이사를 마치면서
곳곳에 쌓인 먼지를 털고
아껴두고 쌓아두었던 행운
다시 주워 담았다
티끌도 없이 싹싹
벽을 허물며
허름하리만큼 척박했던 곳
철철 물을 끓였던
붉은 심장을 잠시 내려놓았다
나는
행운을 빗자루에 묻혀 주워 담았다.

유리그릇처럼

거울 앞에 서서
내 모습을 바라봅니다
겉모습은 헐렁한데
그 안은 볼 수가 없습니다

아직도 나는
눈으로 볼 수 없는
티끌을 감추고 있나 봅니다

잠시 내려놓으면
투명한 유리그릇처럼
그 안이 보일 텐데 말이죠
언제까지일까요.

보이지 못한 사랑

바싹 마른 봄
새순이 돋은 이파리에 숨어
곁눈으로 바라보지 마라
숨이 막힐 듯
사랑은 보이는 것도
보이지 못한 속성을
그러나
나는 슬퍼하지도
보여줄 수도 없음이다.

혼자 불을 끄고

둘이서 걷고 있다
어둑해진 골목길
정지된 시간은 떠나고
용서가 그렇게 아프다

벽 가장자리에 달린
너의 손끝
불을 끄면
모든 것이 사라질 것만 같아
두렵다
이렇게 흔들리는 가슴은
오늘 밤도 머뭇거리고 있다.

포장마차에서

불빛이 희미하다
갑자기 사나운 가을바람에
익숙지 못한 채
어둔 그림자가 흔들거리며
이 밤을 더 슬프게 한다

은은하게 흘러나오는
불빛
김이 모락모락 나는 포장마차
소주잔을 혼자 기울이며
출렁거리는 강물을 바라본다

내가 마시지 못하는 소주 한잔을 비울 때
미처 생각하지 못한 얼굴
그러나
그 한잔을 받아 줄 사람이 없다
나는 재빨리 포장마차를 뛰쳐나왔다.

침묵의 창가

창 너머로
하얀 달빛이 부스럭거리고 있다
말도 할 수 없을 만큼 적막함
침묵은 나를 더 쓸쓸하게 한다

마시다 만 커피잔에
별이 쏟아지면
아직도 거추장스러운 인연
그렇게 깡그리 지워야 하는지도
그러나
나는 거짓으로 변장하며
웃는 모습을 보여야 하는지
묻고 또 물어야 했다

창 너머로 어둠이 밀려온다
천천히 아주 천천히.

적벽가赤壁歌

산새 우는 소리가 곱다
노랗게 퇴색된 잔디밭은
초겨울 이슬방울이 울어대고
나는 창틈에 기대어 슬픈 하늘을 바라본다

반쪽 남겨둔 그 날
시장 골목을 배회했고
걸쭉한 대추차 맛에 놀아났던
그때가 좋았을 것이라 말한다

이슬을 머금은
이름 모를 화초
벌거숭이가 되어 농익은 듯
어느 화가가 그렸는지 금방
툭 하고 다가와 줄 것 같다

산새 소리는 여전히 곱게 들린다
적막한 어둠은
늦은 아침에 되셔야 꿈틀거리고
나는 책상 앞에서 투덜거리고 있다
언제쯤 마칠 거냐.

인생길은 초콜릿

내가 사는 동안
초콜릿처럼 달콤했지
바구니에 놓아둔
여러 가지 초콜릿을
골라서 먹을 수 있었거든
가끔은
맛이 달라서
실눈을 뜨고 바라봤을 때
세월이 지나버린 곰팡이가 핀
초콜릿을 먹고 있었던 거야
사실은 말이지
누군가 곁에서 참견이라도 했다면
허름한 커피집에 갈 이유도 없었겠지
이제
따뜻한 가슴이 그립구나
너였으면 좋겠다
달콤한 초콜릿 같이 먹을 수가 있을 테니까.

하얗게 뿌려지고

황량한 거리
빈 나뭇가지에
여우비 같은 실눈이 내린다

오늘처럼
내 몸을 태워
그 뜨거운 열기로
그리운 너를 부르고 싶다

빈 나무 끝에 걸린 달그림자
밤새 몸을 태웠는지
아직도 뜨거운 열기가
먼발치에서 느끼게 한다

너는
눈 내리는 거릴 걸어보았느냐
혼자서
둘이서
해 저무는 저 비탈진 골목길
너와 내가 머물던 곳이 아니더냐
하얀 눈이 온통 거리를 하얗게 덮고 있다
그 뜨거운 열기로 소복소복.

기다림은 그리움이다

네가
지금 내 곁에 없음은
나는 너를 기다리는 동안
외로운 고통을 이겨야만 했다

창 너머 언덕 위에
하얀 눈이 저렇게 쌓이는 날이면
가슴 시린 오늘이 더 아프다

숨조차 컥컥 막혀
유리창 안에 갇혀
책 냄새 퀴퀴한 도서관이
쓸쓸한 바람이 더 외롭게 한다

너는 모를 것이다
사람이 그립고
사랑이 목마른지를
그러나
나는 저 하얗게 쌓인 눈처럼
햇볕이 들면 깨어나 있을 거다
기다림은 그리움이니까.

한겨울밤의 꿈

이 거리에 가련한 몸짓으로
나를 불러 놓았을 때
내 꿈은 오랫동안 꺼내지 못한 채
가슴에 묻어 놓아야 했다

아파트 숲을 버리고 난 후
도시를 떠난 지금
초라할지 모르지만, 볕이 든
네모난 방 하나를 계약했다

아직은
머릿속을 채우고 있는 몸짓
눈이 쌓인 상아탑 입구에
내 훈김을 불어 넣는 그 날은
하늘에서 별빛이 쏟아지겠지
잉크 냄새가 둔탁해진 책장 너머로
시인의 시어가 꿈틀거릴 것이다

한겨울밤의 꿈
한국근대詩문학관
이 겨울이 가기 전에 곧 온다.

이별의 노래

그 누구 알까
불빛 사이로 춤추는 무희처럼
너의 얼굴 술잔에 넘친다
내 사랑을 위해
목숨을 다하는 그 날이라면
함박눈이 햇볕에 녹아 사라지듯
그렇게 사라지고 싶다
어느 날
별을 줍는 사람처럼

그립다 그리워
사랑 노래를 부르면
너의 모습 술잔에 녹아지리라
행여
네 이름을 잊는다 해도
이별의 순간
술잔이 흘러넘쳐도
나는
그 사랑을 위해 노래하리라.

모닝커피

달달한 커피 맛보다
컬컬한 커피 향이 좋다던 그녀
어느새
입맛이 변해서일까
얼음을 듬뿍 넣은
아이스커피를 홀짝거리며 마신다

한 잔의 커피가
유일한 입맛을 돋운다며
하루에 두 잔씩
가끔 속을 끓이면서도
나보다 커피를 더 좋아한다
어쩌랴
지난 세월을 묶을 수 없으니
창밖만 바라볼 뿐.

연모

그대의
눈빛만 바라봅니다
그대의
발길만 따라갑니다
오늘도
내일도
할딱거리는 속살
짓누르는 가슴아
이렇게 바라보며
그 마음 훔치고 싶습니다.

테라스의 섬

잔디밭에
동그랗게 섬을 만들었지요
그 섬에 계절마다 꽃이 피는
꽃나무를 심을 생각입니다
정원 잔디밭 이곳저곳에
적벽돌을 사다가 시연을 해보고
테라스 앞 중간에 만드니 그럴싸합니다
아직은 벽돌만 놓았으니
조만간 꽃섬을 만들 예정입니다
세월의 흔적을 이렇게 만들면
인생길 한점 추억을 만드는 일이겠지요
테라스의 섬에는
그와 둘이 살게 될 울타리를 만들고
발자국이 굵게 패인
흙을 밟을 수 있는 공간이 생겼습니다
손때가 묻은 혼자만의 작은 만족감
소소한 행복은
나이가 들어가는 익숙한 즐거움이겠지요
지금 그 섬에 참새 두 마리가 모이를 찾고 있네요
참 정겨운 아침 풍경
흐뭇한 표정으로 바라보고 있습니다.

수국꽃밭에서

작년 유월 말쯤
그녀가 한 다발 수국을 사 왔다
꽃집 주인이 할인해서 사 왔다며
연신 기쁜 표정을 잊을 수가 없다
겨우내 얼지 안았나 하며
앙상한 가지를 바라보며 안타까워했던 혼잣말
가끔은 볼멘소리했었다
봄날 이파리를 틔우고 만 1년이 되니
울창하게 네 그루가 화단 네 곳에 있다
이른 여름이 되어도
꽃망울이 내밀 기미를 보이지 않아
그녀는 애타는 듯했다
초복이 지나며 꽃술이 생겨나더니 화단은
온통 수국꽃밭으로 변해있다
단아함이랄까
수줍은듯함 그 면면에는 깔끔함이 보이는 꽃
한 폭의 수채화를 그려놓은 환한 웃음
오늘 한 아름 수국꽃을 안고 있다
행복이란 이렇게 살아간다며.

착한 여자

한세월을 살면서
다 주어도 부족했고
곁에 서 있는 얼굴
미안하고 안쓰러워
그냥
바라만 보면서
눈웃음만 짓지요
그녀는
착한 여자입니다.

청실홍실

두 손 꼭 잡던 날
그날만 기억해주오
아이 둘
시집 보내던 날
잘살아다오 기도하며
눈물 훔치던 날
지금은
꽃밭 정원 벤치에 앉아
그윽한 커피를 마시며
그 향기처럼
파란 하늘 맑은 햇살처럼
인생길 행복하다고 말하리라.

연지곤지

눈치만 살피다가
살짝
훔쳐본 얼굴
단아한 옷매무새
쿵쿵거리는 마음
난
그날을 잊지 못하오
파란 가을하늘처럼
이제 그렇게 살아요.

4부

백 년의 詩想

안단테의 고백

가을의 문턱에 서 있다
도서관 창 너머 파란 하늘이
내 생각을 엿듣고 있다
어느 수필가의 책갈피에서
노련하게 문자를 칼질해 놓았다
세상을
자신을
그리고 현재를
물 한 모금씩 마시는 것으로
나는
저 파란 하늘을 타서 마셨다
아주 천천히
가을 문턱이 텁텁해 보인다.

둥둥 떠 있는 섬

나는 요즘
호수 한가운데 떠 있는 섬이다
이른 새벽
안개가 자욱한 호수는
헐떡거리며 날숨을 뱉는다
가끔
이름 모를 새가 와서 노랠 들려주고
세찬 비바람이 부는 날이면
악몽에 온몸은 식은땀에 젖는다
오늘처럼
세찬 비가 퍼붓는 날에는
섬이 물에 잠길까 봐 두렵다
우표 없는 등기우편
추렷한 몰골로 손에 쥐고선
먼 하늘만 탓했다
섬을 목숨처럼 지킨다는 사실
힘겨운 내 삶의 전부가 되었다
언제까지일까.

추석

가족을 만난다는 일은
참 행복한 시간입니다
서로를 격려하며 지난 이야기를 나누고
안부를 묻는 긍정의 에너지가 생기는 일입니다
송편을 빚고 전을 부치며
한 조각 떼어서 먹는 맛은
이때만이 느끼는 즐거움입니다
출가한 딸 가족과 늦은 밤까지
티브이로 영화를 관람하는 시간도 행복했습니다
시내 커피숍에서
각자 취향대로 커피를 마시는 일도 행복한 일이었고요
내 키보다 성장한 손주 녀석을 바라보는 흐뭇함
내 마음 눈시울이 붉혀져도 되겠지요
가족은 내 삶에 큰 기둥을 세워놓은 울타리가 되었습니다.

보름달이 뜨면

엄마는
갓 찧은 햅쌀을 머리에 이고
30분을 걸어 방앗간을 다녀오셨다
쑥을 넣은 반죽
하얀 햅쌀 반죽을
툇마루에 누이 셋이서 송편을 빚었다
소쿠리에 송편을 놓고
김이 모락모락 날 때면
온 동네는 구수한 냄새가 진동하고
삽살개도 킁킁거리며
마당을 휘젓고 다녔다
하늘에 둥근 보름달이 뜰 때면
엄마는 두 손을 모으고 기도했다.

사랑 별곡

그 사람 눈빛은
먼 시야를 바라본다
온통 잿빛 하늘을 바라보며
눈을 마주치지 못했다

가장 처절한 음색은
무겁게 내 머리를 사정없이
두드리며 어서 가라 한다

나갈게요
힘없는 미소는
차 문을 닫는 순간
그의 눈빛도
가랑비가 소리 없이 내리고 있다.

반달 섬

노송 가지 끝에
하얀 뭉게구름이 걸려있다
그늘 밑에 나는
파란 하늘을 바지 주머니에
한 움큼 구겨 넣었다
지난번 속초 해변서 주어온
움찔거렸던 파도
그곳에다 별을 심고
반달도 가장자리에 심어 놓았다
내가 좋아하는 친구를 초대해서
국화 향이 그윽한 국화차를 마시며
그 시절 이야기꽃을 틔울 예정이다
그러면
너를 닮은
뭉게구름도 살며시 앉을 것 같다.

초원 위에 목석

초원 위에 불쑥 자란
들풀이었으면 좋겠다
해 뜨는 아침이면
여강이 부스럭거리는 몸짓
차라리 목석처럼

인생길 걸어가는 발자국
그 모양대로 따라가면 될 테니
붉게 저무는 석양빛도
옷깃을 스치는 바람인 듯
멀고 먼 그 길을 걸어가리라

목석이라서
하늘 향해 두 팔 벌려 누우면
무뚝뚝한 모습
가을 하늘이 손짓하면
그도 나도 먼발치서 바라볼 뿐이다.

사월의 그날

수국이 하얀 구름처럼
화단에 피어있을 때
보는 것만으로 좋았지
비 오는 날이면
수줍어서 고갤 떨구고
너른 이파리로 얼굴도 가렸지
그런데 말이야
수국을 심던 날도
수돗물을 흠뻑 적셔주면
파릇한 이파리가
내 품에 폭 안기곤 했어
그날만을 기억했으면 해
선선한 바람이 불고
느린 햇볕이 내려오던
사월 그날을.

교대역을 지나치며

가을 낙엽이
길바닥에 떨어지듯
내 인생도 떨어지고 있다
떨림의 순간
가슴은 옭조여오고
투박한 출입문은
번호키를 누르듯
무겁게 닫혀있다
이 길은 오지 말아야 하는데
인간의 사슬은
나를 묶임 당하게 해서
저 떨어지는 낙엽만도 못하는
처량한 몰골이 되었구나
슬프다
체념은 곧 상생을 만드는 작업
곧은 길만 가야겠다.

그날은 그날처럼

스산한 겨울바람은
흰 눈도 멈추게 했다
앙상한 가지 끝에 매달렸던
바싹 마른 이파리
어둠이 내릴 즈음
녹차라테를 마신 후
차창에 널브러져 있었다
운전석에서 힐끔 훔쳐본 순간
곱게 물든 단풍 잎새처럼
곱게 물든 얼굴은
움츠린 어깰 따스하게 녹여준다
덩크랑
가슴 한쪽의 울림은.

가을 잎새

가을이 떠나가고 있다
찬 이슬은
아침 햇살에 부스스
몸을 털고 일어나면
고개를 떨군 잎새는
하나둘 떨어지고
마치
내 몸 한 조각씩
세월에 떠밀려 떨어지듯이
내 영혼도
가을은
내 곁을 떠나가고 있다.

겨울의 모퉁이

어스름한 불빛이 비치는 것은
짙은 겨울이 오는 까닭이겠죠
어깰 움츠리며 시린 바람은
겨울로 가는 깊은 골목길이겠고요
도톰한 외투를 걸치고
하얀 입김을 내뿜으며
종종걸음으로 발길 따라 도착한 이곳
여기가 겨울인가요
우리는 인생의 승부처를 만들며
매일매일 그 의미를 가지려 합니다
모두가 허무뿐인 것을요
오늘도 길을 나섭니다
그리 바쁘지도 않으면서 허둥거리며
출근을 준비합니다.

인생길은 미완성

좁다란 인생길은 늘 미완성입니다
다 된 것처럼 느끼고 실감 날 때
어느 한쪽이 부족해 보이는 것은
보고 또 보아도 눈에 보이는 것입니다
인간은 지혜 있다고 말하지만
인간은 우둔해서 자신밖에 모르는 속성으로
내가 내 속도 보지 못하는 미완성이죠
어떻게 하겠어요
투명한 거울 앞에 나를 세워놓고
빤히 바라보면 허점투성이인 것을 그래도
여기까지 앞만 보며 달려왔기에 2%만
부족하다고 생각해둡시다
그리고 그 부족을 채우기 위해 지금
가던 길을 멈추지 말고 채찍질하며 가는 거죠
인생길은 미완성이니까요.

청국장 맛처럼

우리 음식 중에
청국장 맛은 언제 먹어도
감칠맛이 납니다
어린 시절 방안에 풍겼던
청국장이 익어가던 시절은
냄새가 싫어서 먹기도 싫었는데
지금은 가끔 끓여 먹어서인지
입맛이 돕니다

어머니 정성이 듬뿍 담긴
정갈한 그 손끝은
청국장 맛을 느끼게 합니다
세상사
구수한 청국장 맛처럼
입안에 감칠맛
더했으면 좋겠습니다
오늘 문득
냉장고에서 숨을 고르고 있을
청국장을 끓여야겠습니다.

거울 앞에서

12월 첫 주말입니다
달력에 빼곡하게 적혀있는 일정은
숨이 막힐 정도로 두껍게 써놓았네요
살아온 세월도 지금보다 더 바빴을까
거울 앞에 밤새 자란
턱수염을 바라보며
주름이 그어진 얼굴을 직시해봅니다
앞만 바라보며 살았다며 위안을 주지만
내 모습에 가려진
군더더기를 감추고 있더이다
나를 돌아볼 여유조차
사치스럽게 생각했는데
이는 변명에 불과했습니다
밤사이 겉흙이 꽁꽁 얼어붙은 것처럼
내 마음도 동장군처럼 버티고 서있는지
지금에서야 알 것 같습니다
모두가 모든 일에
욕심에 사로잡혀 발버둥 치며 살아왔습니다
헛된 일이었음을
그러나
남은 시간만큼
진실한 길을 걸으며
그런 사람들을 만나야겠습니다
아니 그렇게 살아가야겠습니다
행복한 주말입니다.

백 년의 詩想

칠십 년을 버티어 온 시상은
그 세월만큼 가슴 가득 채워놓았다
인생길 걸어가면서 즐겁게 세상을 두드렸던
시집 한 권을 찍어 내는 기계로 변해 있다
영동선이 쭉 뻗어있는 고속도로를 달리면서
뱃가죽을 움켜쥐고 호탕하게 웃던 일
그래도 참신한 시어가 가슴에 안기면 혼자 웃는다
어느 날 남한강을 걸으면서
가슴 아린 일이 있을 때 발끝이 시려오고
오금이 절여왔음을 알았고 그동안 숨겨 놓았던
찬란한 얼굴을 세상에 내보였던 날이었다
그래 너는 어떻게 사느냐
백 년도 못 채운 시인이라며 그 쓴웃음도
멈추는 그 날은 비극이다
설 얼어붙은 빙판길을 걷고 있었다
해는 뉘엿뉘엿 떨어질 때
우울한 미소는 길을 잃어버리고
땅바닥에 그만 주저앉았다
이제 생각해보니 백 년을 한 겹 한 겹 걷어내는
고달픈 수고가 시집을 출간하고 그런 낱말을 뱉는 순간
멀쑥하게 넥타이 동여매고 도서관을 들어선다
그 순간
책장 넘기는 소리를 들을 수 있는 계절이 왔다.

어느날 문득

먹장구름은 습기를 듬뿍 들어 마시며
긴 팔을 뻗어 온 대지를 덮습니다
곧 한바탕 소나기가 내릴 것만 같습니다
정원 한쪽에 장독대가 가을 햇빛을 받으며
하품하는지 동그란 입을 벌리고 있습니다
바람에 너풀거리는 하얀 와이셔츠
분홍색 원피스가 춤을 추는 듯합니다
나는
발걸음을 재촉하며 동네 어귀에 다 달았을 때
숨은 턱까지 차올라 그만 땅바닥에 주저앉고 말았습니다
뚝뚝
빗방울이 머리 정수리를 때리며 빗물은 앞가슴까지
흘러내리고 있습니다
그 검은 손이 차가웠습니다
아니 습기가 온몸을 감싸이는 듯했습니다
이내
무섭게 쿵쾅거리는 굉음을 내며 퍼붓는 소나기
흙탕물이 시냇물 되어 흐르더니
깔끔해진 세상은 맑아 보였습니다
내 마음까지
피란 하늘 가을하늘이.

조선의 어머니

한 여인이 여기 있었네
그 길을 마다하지 않고 곧은 품계
일제 칼끝에도 굴하지 않았던 여인
조선이 낳은 여인
강인한 정신 품위를 지킨
조선의 어머니
명성황후
여기 후예들아
저 절개를 받아마시라.

5부

낮달

그를 떠나보내며

애야
가던 발걸음 잠시 멈추거라
내 못다 한 이야기
너에게 옷 한 벌 입혀주마
그리고
돌아보지 말고 걸어가거라
옆도 보지 말고 땅바닥도
가다가 혹 그 누가 말을 걸거든
아예
대꾸도 말고 앞만 보고 걸어라
내 너에게 잘해준 것은 없지만
지난 시간 더듬어보니
애쓴 흔적 아픈 기억
다 말할 수는 없다만은
그래
고마웠다고 말하마
너를 다시 볼 날 잊을까만은
훗날 마주친다 해도
서로 외면하면 좋겠다
2023
잘가라 잘가.

이름 없는 별

밤하늘에 무수히 떠 있는 별
은하수 가장자리에
고갤 떨구며 졸고 있는 작은 별
희미하지만 눈망울은 또렷하다
살을 에는 듯한 겨울바람
속살까지 파고드는 고통이었다
저 별도 추위를 견디다 못해
웅크리고 있을까
까맣게 물들어버린 동짓날
이날 밤은 처연한 몸짓에 불과했다
그러나
나는 저 별빛보다 애처롭다
왜냐하면, 혼자이니까.

얕은 어깨너머로

두툼한 나무 탁자 위에 놓인
커피 향에 진한 갈색 추억을 담는다
은은한 모과차 향기는
얕은 어깨너머로 가슴까지 차오르고
층층 계단을 오르는 순간
널따란 잎새가 달린 스파트필름이
내 손을 잡아 이끈다
두 눈빛이 달콤하게 다가왔다
천장에 매달린 둥근 달을 닮은
불빛처럼
곱다.

삶의 무게만큼

오늘은 울고 싶은 날이다
두 어깨가 무겁게 내려앉을 것 같다
두 손이 부끄러워 호주머니에 넣고
밖으로 내보이기 싫다
말간 맹물처럼 삶이 피곤하다
울컥울컥 눈물이 난다
훤칠한 키 마디마다 굵게 묶여
단단함은 숨조차 쉬기도 벅차다
헛살았다
그렇게 나는 허겁지겁 딱딱한 채
지켜온 세월인데
퉁퉁 부어 있는 입술을 깨문다
꺼이꺼이
이렇게라도 긴 날숨을 내뿜어야
한 발자국이라도 걸을 수 있을 것 같다
펑퍼짐한 두 어깨 위로
추운 겨울 한파가 내려앉았다
그 삶의 무게만큼.

이름 없는 새

흰 눈이
수북하게 쌓인 거리
두꺼운 외투는
거추장스러운 날개다
둥지에서 움직일 수 없는 365
날다가 지쳐버린
야속한 세월이다
퍼덕퍼덕
어쩌면 한쪽 날개가 찢기고
날지도 못하며
두 눈만 껌뻑이고 있다
오늘도.

눈 내리는 크리스마스

선율이 고운 캐럴을 듣는다
함박눈은 내리고
하얗게 쌓은 눈밭을 걸으며
내 발자국마다 기쁘다며
하모니 소리를 질러댄다
나뭇가지마다
눈꽃같이 포근한 미소는
온 세상을 사랑으로 덮는다
이날만큼은
커피 향이 듬뿍 묻어있는
커피집에서 두 눈을 마주하고 싶다
바라만 보아도
그 따뜻한 마음을 알 것 같은
하얀 눈송이가 내리는 성탄절이다.

짝

둘이 없는 세상
어찌 버티며 살까
뭇 세월
둥근달 바라보며
두 손 꼭 잡고 약속했네

그대 없는 세상
혼자서 못살아요
그대여
떠나지마오.

혼자인 것보다

세월이 묵을수록
같은 길을 걸어갈 수 있는
사람이 있다는 것은
인생길에서 가장 소중한 일이다
그 무게만큼 서로
나눌 수 있다는 사실
서로에게 디딤돌이 되는 일이다

얼굴 모양도
마음 씀씀이는 달라도
애틋한 마음으로
서로를 다독여주며
챙겨주는 일은 닮았다
저 넓은 세상
혼자인 것보다 둘이
셋보다 여럿이 행복하니까

밝게 떠오르는 태양처럼
서로의 빛이 되었으면 좋겠다
내가 걸어가는 인생길
따뜻한 그대 미소가 보고 싶다
사랑하니까.

이별의 노래

뭇 세월 살면서
앞만 보고 가다
묻지도 못해서
그 무개만큼 힘들었네

휜 허리 두 손으로 붙잡고
버티며 서서
먼 하늘만 보며 탓했네

내 사는 동안
신이 있다면
해와 달 별을 볼 수 있는
그날이 오련만

가라 어서 가라
이 고통스런 우울함이여
이해가 떠나기 전에 떠나가게나
이제
걸림돌이 없는 세상
자유롭게 살고 싶다네.

만학도

정든 얼굴들
눈빛만 보아도
아주 친근한 사람

속사포를 날리는
詩 수업
한 토막 시어가
단팥빵처럼 달콤하게
푸석거리는 곰보빵처럼
내 가슴안에서
하나씩 꺼내 줍니다
넙죽
넙죽.

그리운 사람아

밤새도록 코가 막혀 선잠을 잤다
입술도 바싹 말라 어석거리고
쓴맛도 가시지 않아 힘겹게 새벽을 맞는다
세월의 허물을 벗고도 가슴 한편이 비어서
등짝이 시리고 아리다
이렇게 살아야 하는지 그 끝은 어디인지 모르겠다
긴 여행을 끝나고 싶다
촘촘하게 짜여있는 일상 이것으로 버티고 있다만
외로운 시간이 더 아프다
가을 비바람에 떨어진 낙엽보다 못한 나는
겉과 속이 다름을 그 누구도 모른다
허물어져 가는 세월 앞에 그 무엇을 남긴단 말인가
다 부질없는 인생길이다
이렇게 발이 부르트도록 사방을 다니는 것도 다 허무다
나도 모르는 길을 마냥 걷고 있는 나는
허울 좋은 詩 선생으로 살아가고 있을 뿐이다
숨이 가쁘고 가슴이 싱겁다
새벽 별을 보는 습관처럼 매일 나는 내 심연의 깊은 곳
저 먼 곳까지 여행을 준비한다
오늘도 정처 없이.

지게꾼처럼

그동안
내가 세상에 살아온 날을
내 가슴속 깊이 넣고 다녔다
소고기미역국도
찰진 쌀밥도
구겨진 종이 한 장만
덩그렇게 달린 달력이다
붉은 사인펜으로 동그라미를
그려놓았지만
지나가는 숫자에 불과했다
저무는 석양
때론 붉은 노을이 화려할 때
그 누구는 아름답다 했다
오늘 나는 인생길에
지게꾼처럼 처진 어깨 위에
세월을 담은 둥근달을 지고 간다.

칠월에 부치는 편지

태양은
타들어 가는 가슴을 열었다
장맛비가 그치면
잠시 머뭇거리다 이내
갇혀있던 화신은 여름에 취해서
잠이 들었거나 깜빡 졸고 있다
그 누가 불을 댕기지도 않았건만
정수리에 꽂히는 열기
그러나
오랜 장맛비에 그만 속아서
타다 남은 불씨처럼 칠월이 가면
이내 고갤 떨군다
인생사도 그렇듯 청춘도 그러한데
세월이 남긴 흔적만 또렷하니
사람들은
몸보신한다며 입맛만 다신다
그나저나
복날이 기다려진다
입춘이 오기 전에 너에게 달려가마.

반백 년 살다 보니

벌써 반백 년이 흘러갔네
그렇듯
우리네 인생길
흘러 흘러서 떠나고 있건만
그 어디 잠시 머물 곳 지나치며
새로운 길 찾아 떠나가는 나그네처럼
쉼도 없이 앞만 보고 달려가는 것을
어이
벗이여
텁텁한 막걸리 한잔 놓고
푸짐한 인생이야기 풀어놓게나
자네 한 잔
나 한 잔
주거니 받거니 취한들 어떠하리
이 좁은 세상
둥둥둥.

낮달

여름 열기가 온통 붉던 날
뭉게구름 사이로 떠 있는 낮달
아직 떠날 줄 모르고 있다

눈빛 자체가 달라서
정처 없이 떠돌던 날
노력한 만큼 빈손이라 허탈했다

서로가 불편할까 봐
저미어오는 가슴은 늘
안타까움에 마음 아파했다
약한 모습 보일 수 없어
먼 산허리에 걸려있는
낮달만 탓하며.

커플링

종로3가 거릴 지나치다
문득 금은방 앞에 멈춰 섰다
그 누구의 약지에 끼웠던
무언의 약속

누구는 꽃길만 걸으며
손때 묻은 입술로 고백했다
침샘이 마르도록
그러나
야속한 세월 무딘 약속
헐거운 반지는 목에 걸린 듯하다

곱던 잎새가 거릴 나뒹굴 때
그 약속은
굵게 패인 주름살로 변했다
먼발치에서 바라보는
커플링
그 약속을 지키려 바라본다.

그런 고소함 언제까지

갓구워낸 들기름을 짠다
고소한 냄새는 금세 시장 골목을 뒤덮고
내 심장 깊은 곳까지 침범했다

뙤약볕에 멀대같은 줄기마다
파랗게 입을 벌리는 순간 발 빠른
손놀림은 그만 시퍼런 낫으로 뱀을 당했다

멍석에 내동댕이치는 순간부터
모진 매를 두들겨 맞고서야
늙은 선풍기에 온몸을 추스르기를 몇 번
불판에 늑골이 휘어질 정도로 지구를 몇 번 돌았다

살아남은 게 다행이다
고소한 향기는
어느 아낙의 입술에 취하기라도 하면
난 그대로 몸을 녹여 뱃속에 스며들 테니까
그게 내 운명이라는 사실을.

단 하나뿐

우리는
둘을 갖고 있으면서
하나를 더 얻으려 한다
삶의 부스러기 버리면
하나를 얻는 것인데
우리 마음은 자꾸만
둘 셋 넷 여럿을 얻으려
동분서주하고 다닌다
내가
세상에 남길 수 있는 것은
단 하나뿐인데 말이다
나는
오늘도 하나를 포기하고
휴지통에 버린다
혼자니까.

커피집 앞에서

커피집은
오늘도 쉬지 않는다
삐딱한 나무 의자
창밖을 내다보는 습관은
그곳을 지나칠 때면
가슴은 먹먹하다

간밤도 밤새 내린 이슬방울
물 한 모금 넘기고서야
병원문을 겨우 나설 수 있었다
내 인생 한쪽에 박혀있는
조약돌
망부석이 되어 버티고 있다
주린 배를 움켜쥐고
하염없이 내달리던 그 날
쏟아지는 눈물을 빗물이 되어
차창을 두드리는데
앞을 볼 수 없을 만큼 퍼붓던 소낙비
내 심연의 깊은 연못은 자꾸만
허우적거리며 넓적다리를 붙잡는다
이 시간도
커피집 문턱이 여전히 높다
나는 그 커피집 문 앞에 우두커니 서 있다.

잠이 들고 잠들고

별도 잠들고
달마며 잠든 어둑한 밤
길모퉁이 가로등
홀로 꾸벅꾸벅 졸고 있다

가을바람은
헐렁한 가슴팍에 파고들어
외로움만 더하다
자정이 돼서야 대문에 들어서니
불 꺼진 서재
책꽂이마다 시집은 잠들고
붉은 잉크병만
펜을 붙잡고 졸고 있다.

보름달

새벽하늘에
둥근 보름달이 떴다
누구 맘을 닮았을까
매일 보던
그 사람 얼굴이다
곱다
금방 별 하나 내 가슴에
뚝 떨어졌다.
화단에 핀 바늘꽃
그 꽃을 닮았다
달도 별도.

인생 사진관

사진관에서
자연스러운 표정으로
내 인생 사진을 찍는다
여기까지 살아오면서
인색하지 안았는지 내 가슴에 묻는다
늘 털털하게 살아서 품성은
모나지 못해서 거울 앞에 그 답이 왔다
자연 그대로 생긴 그대로
돌다리를 걷는 기분으로 사진을 찍었다
내가 만든 사진관에
그동안 많은 사람이 다녀갔다
한번 내 사진관에 들렀던 사람들은
단골이 되어 있으니 모두는
내 진면모를 다 알고 있으리라
어제도 세 명이 내 사진관에서
인생 사진을 멋지게 찍고 갔다
각자 살아온 세월 그 표정은 달랐지만
흐뭇한 표정은
이 사진 한 장에 돈독한 정이 묻었다
곰삭은 탁자에서 따끈한 차 한잔은
그들이 살아가는 동안 남아 있으리라
내일은 휴점한다
빨간 글씨라서.

동해로 떠나는 낙타

뜨락에 시선 018

초판 1쇄 인쇄   2024년 10월 5일
초판 1쇄 발행   2024년 10월10일

펴 낸 이   박가을
펴 낸 곳   도서출판 ⓔ 뜨락에
주   간   윤금아
디 자 인   이재은

등록번호   제2015-000075호
등록일자   2015년 9월 3일
주   소   경기도 안산시 상록구 학사1길 4-1
전화번호   031-223-1880
전자우편   kwang6112@naver.com

....

ISBN
값 15,000원